Alex Lutkus e Leo Cunha

ABCenário

Copyright © 2011 Leo Cunha (texto)
Copyright © 2011 Alex Lutkus (ilustração)
Copyright desta edição © 2024 Editora Yellowfante

Todos os direitos reservados pela Editora Yellowfante. Nenhuma parte desta publicação poderá ser reproduzida, seja por meios mecânicos, eletrônicos, seja via cópia xerográfica, sem a autorização prévia da Editora.

EDIÇÃO GERAL
Sonia Junqueira (T&S – Texto e Sistema Ltda.)

REVISÃO
Aline Sobreira

ASSISTENTE EDITORIAL
Julia Sousa

PROJETO GRÁFICO E DIAGRAMAÇÃO
Alex Lutkus
Ricardo Furtado

Dados Internacionais de Catalogação na Publicação (CIP)
(Câmara Brasileira do Livro, SP, Brasil)

Cunha, Leo
 ABCenário / Leo Cunha; ilustrações Alex Lutkus. -- 2. ed. -- Belo Horizonte, MG : Yellowfante, 2024.

 ISBN 978-65-6065-086-2

 1. Literatura infantojuvenil I. Lutkus, Alex. II. Título.

24-219323   CDD-028.5

Índices para catálogo sistemático:
 1. Literatura infantil 028.5
 2. Literatura infantojuvenil 028.5

Tábata Alves da Silva - Bibliotecária - CRB-8/9253

A **YELLOWFANTE** É UMA EDITORA DO **GRUPO AUTÊNTICA**

Belo Horizonte
Rua Carlos Turner, 420
Silveira . 31140-520
Belo Horizonte . MG
Tel.: (55 31) 3465-4500

São Paulo
Av. Paulista, 2.073, Conjunto Nacional,
Horsa I. Salas 404-406 . Bela Vista
01311-940 . São Paulo . SP
Tel.: (55 11) 3034 4468

www.editorayellowfante.com.br
SAC: atendimentoleitor@grupoautentica.com.br

Para meus pais
Alex Lutkus

Para Dé e Sô
Leo Cunha

Atenção, amigos,
abram alas pro astronauta!

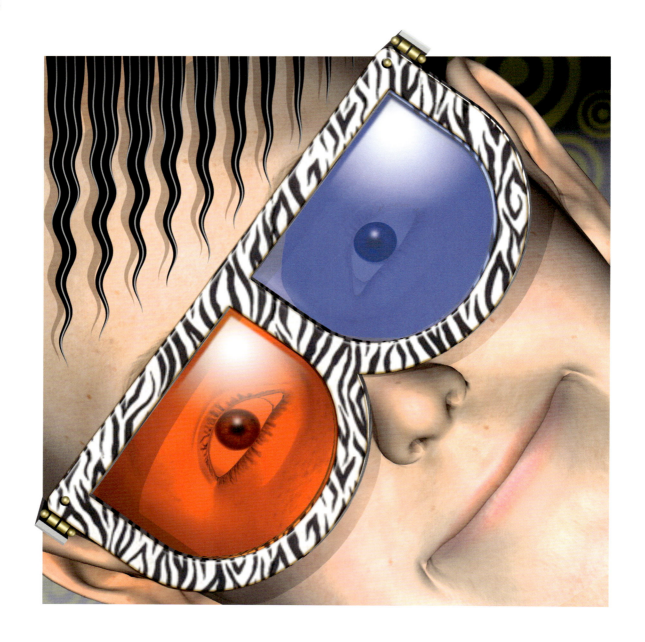

O bandido e o bacana
brilham no bangue-bangue!

Cadê as cerejas e os confeitos?
O cachorro comeu.

A dança do dia a dia:
desafio sem descanso.

Encontre o E escondido...
e não espalhe!

Fantasia: com frias ferramentas, fazer uma flor.

Gostaria de guiar pelo globo
sem gastar gasolina.

Hotel, hospital, hospício?
Cada hora uma história.

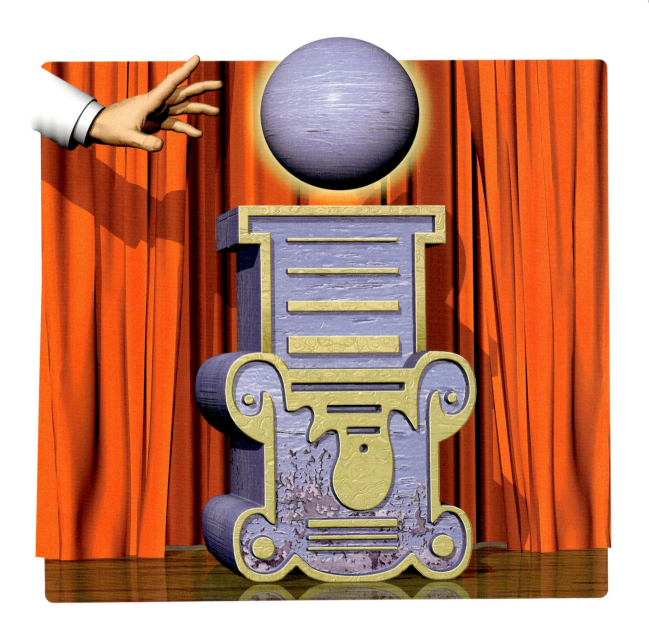

Infância: a imaginação inventa a ilusão.

Juro que é um Jota
sem jeito e sem juízo.

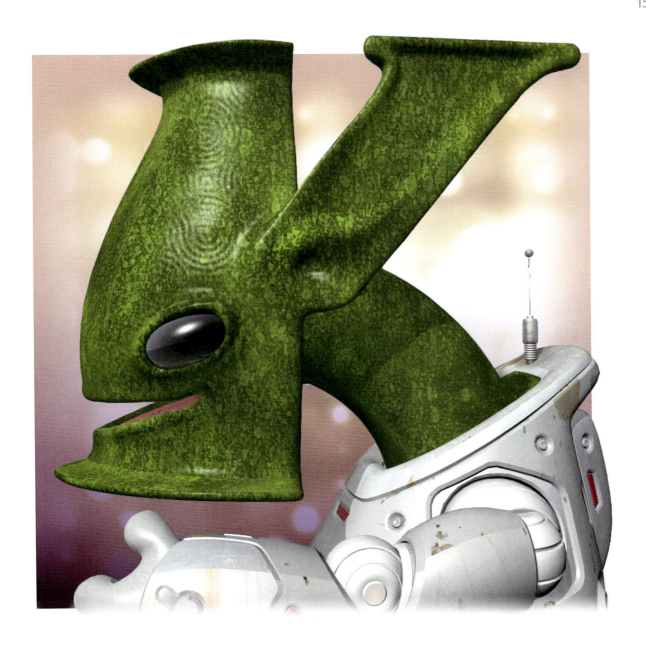

O K o que é?

Lugar de livros e lendas,
no ladrilho da lembrança.

Minha mente mistura matemática e magia.

Ninguém namora
nas noites de novela.

Oba! É de ovo
ou de ouro?

Em pé, poderoso,
parece o príncipe dos palcos.

Quietinha, quietinha...
Quem quer?

Recanto pra recostar e relaxar.
Retirem os relógios.

Sabia que a saudade
é uma serpente sonora?

Pro teimoso teco-teco,
toda a Terra é um tesouro.

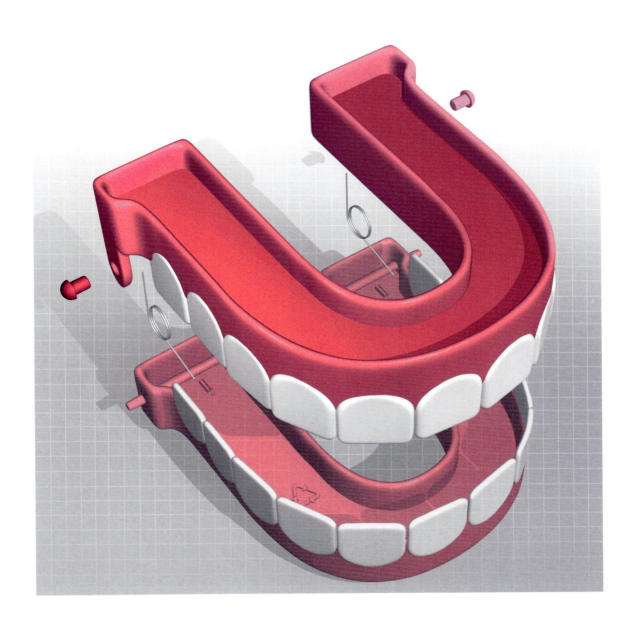

Urgente: última unidade e um único usuário.

Veja o voo veloz
da varejeira verde.

E o W o que é?

Xiii!
Onde é o xixi?

O K, o W e o Y
são os ETs do ABC.

**Zanzando em zigue-zague:
ora zangado, ora zen.**

Alex Lutkus

Sou designer e ilustrador desde 1976, mas *ABCenário* é o meu primeiro livro para crianças.

Até hoje, já criei milhares de imagens para revistas, capas de livros e até mesmo para projetos da NASA e da ESA, agências que comandam os programas espaciais dos Estados Unidos e da Europa. Será que isso me ajudou a inventar os ETs deste livro?

Leo Cunha

Em 2011, eu comemorei 20 anos de literatura. Nesse período, publiquei mais de 40 livros para crianças e adolescentes. Em quase todos, eu escrevi o texto e depois fiquei esperando, ansioso, o que o ilustrador iria criar a partir da minha prosa ou poesia.

Agora, no *ABCenário*, a história se inverteu: o Alex criou primeiro as imagens e depois eu cheguei para "ilustrar com palavras". E que desafio foi esse! Uma mistura de matemática e magia, como diz um dos poemas do livro.